LE DESESPOIR

DE

MAZARIN,

SVR LA

CONDAMNATION

DE SA MORT,

ET L'ADVEV QV'IL FAICT DE TOVS ces crimes, En faueur de Messieurs les Princes, Et des Bourgeois de Paris.

PRESENTÉ A SON ALTESSE ROYALE.

A PARIS,

M. DC. LII.

LE DESESPOIR
DE MAZARIN,
SVR LA CONDAMNATION DE
sa Mort.

Et l'Adueu qu'il fait de tous ces crimes en faueur de
Messieurs les Princes, & des Bourgeois de Paris.

A Deux genoux la Teste basse,   *Epilogue.*
   Ie viens vous demander pardon,
Mon Dieu escoutez mon facton
l'implore vostre saincte grasse.

   Ie sçay bien qu'il me faut mourir,
C'est pour satisfaire à mes crimes,
Ce sont des Arests legitimes,
Personne ne m'en peut secourir.

   Falloit-il que dedans la France,
Ie commie tant de l'ascheté :
A ce Peuple plain de bonté,   *Sur l'Emi-*
Qui me califioit d'Eminence.   *nence.*

   Il est vray que c'estoit mon Nom,
Ie causois tousiours milles troubles,
Et comme l'Eminans des Fourbes,
Ie meritois bien ce renom.

Ie fesois voir mon Eminence,
Parmy toute infidelité :
Ne voulant point de verité
Loger dedans ma conscience.

Dés mon bas aage ie commansois
De chercher cette Eminence :
Et de iour en iour quand i'y pense
De vice en vice ie cressois.

Sur le mausonge.   Ie commançay dés le mensonge,
Mesme auant que dauoir huict ans,
Y voulans parestre galans :
Des petis aux grand ie me plonge.

Ie promettois d'vne façon,
Mais ie faisois tout le contraire,
Et c'estoit tout mon affaire,
Que d'estudier cette leçon.

Estans Architecq en ce vice,
I'allois faire le courtisans :
Et en faisans du complaisans
Ie m'enparay d'vne autre Office.

Mon Pere n'ayant pas trop de bien
Pour entretenir bonne Table :
Cela m'estans d'esagreable :
Ie m'aduisay d'autre moyen.

Ie m'adonne à la gloutonnie,
Sur la gloutomnie.   Depuis l'aage de puberté :
Laquelle iamais ie nay quité
Affin d'asouuir mon énuie.

Quand

Quand ie voy ce Riche glouton,
Eſtre plongé dans les abyſmes :
Et meſme pour bien moins de crimes
I'aprehende le Dieu Pluton.

Ha ? mon Dieu que ie ſuis coupable,
En dois-ie eſperer le pardon,
Pour m'eſtre mis à la bandon,
Affin que iuſſe bonne table.

C'eſt à vous Dieu Souuerain,
A qui ie me dois adreſſer,
Ne vueiller donc pas en chaſſer
Ce miſerable Mazarin.

I'embraſſe le libertinage,
N'ayans pas des ans plus de vingt,
Et ne croy pas que les Caluains
En puiſſent faire d'auantage.

Ie continué auecque éxes,
Ie ſert meſme au maquerelage,
Et i'entire de fort bons gages,
Ce qui cauſe mon meſchans ſuxes.

Viuans dedans cette poſture,
Faiſans d'exeſciues repas,
Apres meſme ne cognois pas,
D'offencer Dieu contre nature.

Dedans c'eſt eſtat mal-heureux,
Ie ſuis a qui le plus me donne,
Ie ne conſidere perſonne,
Et le gain me rent genereux.

B

Ie souftiens qu'apres cette vie,
L'on ne doit plus pretendre rien:
Et que celuy qui a du bien :
En doit contenter son enuie.

Eftans d'efprit pernitieux,

Vn Séigneur m'ainé de la forte,
Il m'appelle pour fon efcorte
Ayans befoin d'vn fedicieux.

Ie parois comme vn Gentil-homme,
Ie fais defia le courtifans,
En frequantans les plus puiffans.
De ceux que l'on voyoit dans Rome.

Ie confoy dans mon opinion,
Qu'il faut que l'aueugle fortune,
M'efleue vn iour proche la Lune,
Pour feconder ma paffion.

Mon Dieu qu'elle eft mon arogance,
Quand ie penfe monter fi haut,
Mais n'eft-ce point fur l'efchaffaut
Où l'on verra mon Eminence.

Enfin ie prens l'occafion,
Apres cinq année de feruage ;
Ie may aux armes mon courage
Et veux faire plus que Gaffion.

Eftans dedans vne furie,

Apres mille forfaits commis :
Et mefme contre mes amis,
I'abandonne là l'Italie.

Ha / pleuſt à Dieu qu'en les combats?
Et meſme à la premiere alarme,
On mut contrains de rendre l'ame,
En renuerſans ma Teſte à bas.
  L'on ne vayroit pas c'eſte France,
Dans la langueur inceſſamant,
Cryant contre Dieu hautement
Ha : Seigneur donnez-moy vangeance.

      Neantmoins dans vn Riche Lieu,
I'ay trouué la meilleur place
Et en conqueſtans ceſte grace :
Ie me ſuis eſloigné de Dieu.

      Dieu du carreau de voſtre foudre,
Que vous l'autare à Lucibel,
Ie ſuis de meſme criminel :
Que ne me m'eſtez-vous enpoudre.

      Me voila bien recus du Roy,
Conduy par vns tres-grans Monarque,
Qui pour moy luy donne des marques
De la ſurance de ma foy.

      Pourquoy n'euſte-vous cognoiſſance,
Sire de mon infidelité,
Sans doute m'euſſiez rejeſté,
A prenans mon intelligeance.

      Voyla le Cardinal mort
Auſi-toſt ie remply ſa place,
Et vous me fiſte ceſte grace,
Faiſant à la France vn grans tort.

Sur la po-
seſſion de la
dignité de
Cardinal.

I'y ay vaycu douze année,
En à pauurisans les François,
Par les ordres que ie donnois,
La France eſt tout à fait Ruynée.

I'entre en ceſte charge en renart,
Ie prens le tiltre d'Eminance,
Ie teſmoigne vn peu de clemance
Mais iy vy en vrais leopart.

Conduy par vn mauuais genie,
Pour contenter mon ambition:
I'augmante ma condition
Par vne meſchante manie.

Sur ſon en-
parement.

Dedans le pouuoir que ie tiens
Ie fais leuer de grandes ſommes,
Que ie fais mener droict à Rome:
Afin d'en enrichir les miens.

Ie m'en pare des plus belles office
Et du bien d'autruy i'en fais mien,
Pour augmanter mon entretien
Ie prens partout des Benefiſſe.

I'ay dans mon accompagnement
Des geans de ſac, & de corde,
Qui ſont choiſis tous à ma mode,
Pour me ſeruir fidelement.

Sur l'hepo-
criſie.

Neantmoins ie fais l'hypocrite,
Alans quelque fois au ſermon:
Mais i'ayme bien mieux charanton
Que ie ne fais vn pauure hermitte.

Et

Et comme vn miniſte d'Eſtat,
Ie peu d'eſtruire & refaire,
Mais ie renuerſe les affaires
Et ſuis Miniſte d'Atantat.

Mon Dieu vous voyez dans mon ame
Rien ne vous peut eſtre caché :
Et vous ſçauez que tout peché
M'a rendu tout à fait imfame.

Conſiderez moy dans l'Orgueil,
Suis-je pas l'Eminantiſſime
Ie prens le nom le plus ſublime
Afin de ne voir mon pareil.

Ie ne fi iamais defferance
A ceux qui ſont du Sang Royal,
Et voulois qu'a moy Cardinal
Ils cedaſſent la preceance.

Ceux qui auecque iuſte raiſon
Ne me vouloient ceder la place,
Ie les m'eſtois dans la diſgrace
Et quelque fois dans la priſon.

Par vne tres pure malice,
Seulement dedans ce peché
I'y ſuis de mille ſorte attaché
Dans la pratique de ces vices.

Dans lauarice vous voyez
Comme i'ay donné mille miors,
En eſpuiſans tous les treſors
Que ie prenois de tous coſtez.

su l'enuie. Et pour le peché de l'Enuie,
Combien aye fait d'atantat,
Feignans estre vns coup de l'estat
Sur be aucoup i'ay tanté la vie.

   Quiquonque ne me complaisoit,
Estoit desia trop miserable:
Car ie l'affligeois comme vn Diable
Tant, qu'a la fin m'obeysoit.

sur la discorde.   Iamais ie n'aymé la concorde
Dans la Cour ie may diuision
Et c'est toute ma passion
De sumer toufiours la discorde.

   Tous ceux qui parroissent zelés
Pour le seruice du Roy, mon Maistre,
Ie les accuse d'estre traistre:
Et fais tant qu'ils sont ézilés.

sur l'empoisonnement.   Et par vne mortelle enuie
Sans auoir aucune Raison,
Ie donne deux fois du poison
A vn Prince de bonne vie.

sur la sedition.   Par vne insigne trahison,
I'ay suscité dedans la France,
Des faux bruis auecque esperance
De causer vne sedision.

   Et afin de perdre trois Princes,
Sans cesse declarois au Roy,
Sans doute qu'ils trahisoient leurs foy:
Et perdoient toutes ces Prouinces.

Ie mais au bout ma trahiſon
Et ces Princes ſans aucun crimes,
Par des ordres illegitimes
Sont conduits dans vne priſon.

Ie fais trois Innocens coupables,
Et dedans mon intention,
Veut perdre leurs reputation
Par des eſcris abominables.

Ie declare à ſa Majeſté
(Laquelle volontiers m'eſcoute)
Diſans qu'ils ſont attains ſans doute
Du crime de leze Majeſté.

Par vne fauceté inſigne
D'y, qu'en vers Dieu ils ſont pareils,
Et tout de meſme criminels
De leze Majeſté Diuine.

Par ce crime ils peuuent mourir,
C'eſt pourquoy ie le contreuue :
Et voudrois auoir de la preuue
Afin de les faire perir.

Sans preuue ie me deconforte,
Neantmoins dedans la priſon
Pluſieurs fois i'enuois du poiſon,
Pour les faire perir d'autre ſorte.

Mais ce grand Dieu ne permet pas,
Que lon donne à leur innocence,
Apres tant & tant de ſouffrance
Pour recompance le treſpas.

Leurs vertu caufent leurs vices,
Car c'eft pour n'eftre vitieux :
Qu'il m'ont efté trop odieuxs
Pour n'efprouuer pas fes fupplices.

Princes vous eftiez trop fidels
Et enpechies ma tiranie,
qui eft caufe que mon enuie
Vous à randu fi criminels.

Vous aymés trop voftre patrie,
Et pour eftre des fauoris :
Il vous failloit perdre Paris,
Puifque l'on en auoit enuie.

Mais iamais telle lacheté
Na put fouiller voftre belle ame,
Si contre elle on à veu vos armes
Conty eft pour fa feureté.

Condé Liluftre & Magnanime
Si ie vous ay tiranifé
C'eft par ma pure mefchanceté
Ie fçay que vous eft fans crime.

Prenés en voftre protection,
Paris l'incomparable Ville,
Elle vous prent pour fon azile;
Cognoiffez fon intantion.

Ne l'accufés d'eftre compliffe
Des forfaits commis contre vous,
Car par moy on les fefoit tous :
L'argeans eftoit mon artififfe.

fur la bien-
ueillance
des Pari-
fiens.

Connoiffans

Connoiſſans meſme la paſſion
De ce peuple qui vous eſtimé,
Ie croy en ſuppoſans des crimes
Perdre voſtre reputation.

On recognoit voſtre Innoſance
Par l'induſtrie du Pariſien
Qui ne voulant que voſtre bien
Demande voſtre deſliurance.

C'eſt moy qui ſuis le criminel,
I'ay cauſé ſeul tous ces troubles
Et par le moyen de mes fourbes
Ie ſuis en tout vice nonpareil.

Ha mon Dieu quel penitence   *ſur ſon de-
Faut-il pour mes peſchés commis!   *ſeſpoir,
Ie n'ay fait que des ennemis
Qui de moy demandent vangeance.

I'ay pratiqué les ſept peſchés
Chacun de plus de mille ſorte
Ma conſiance en eſtoit la porte
En laquelle ils eſtoient cachés.

Où faut-il donc que ie me meſte!
Mon malheur eſt tout aſſuré
Et dedans le Ciel aſuré
I'en voy pareſtre la comeſte.

Mais l'œil du grand immortel
Cognois mes fais, & ſçait le nombre
Qui ſeruira pour me confondre
Au grans iugement ſolemnel.

L'audace tousiours me surmonte
Mais ie ne sçaurois pas rougir,
Voyant comme on me doit punir
Ma Callotte en rougit de honte.

   Le Parlement à interest,
De promestre vne grande somme,
A qui liurera ma personne
Ayans mesprisé ces Arrest.

   En Iustice à prix est ma teste,
Et celuy qui la donnera
Où bien vif me liurera,
Cinquante mille escus conqueste.

   François sçais tu bien ce que vaut
Vne chosse du tout mauuaise,
Et qui ta mis dans la malhaise,
Dont tu en donne vn pris si haut.

   Ie tasure que ma destiné
Te recompansera du prix,
Aussi-tost que m'auras pris
Où que tu me l'auras couppée.

   Viffe elle ne valut iamais rien
Mais morte bien plus que ta somme
Puis qu'elle vient de cestinct homme,
Lilustrissime Mazarin.

Sur ses
adieus.
   Nayez point pour moy de clemance
Sire, ie confesse que i'ay tort,
Il faut qu'on me donne la mort
Pour le suport de vostre France.

Apresens iej vous dis adieu.
Puïsque ie vais quitter la France,
Ny souffrez iamais d'Eminance
Si voulez la Paix en ce lieu.

Adieu donc charitable Reyne,
N'ayez compassion de ma mort:
C'est la recompence du sort
Ne vous en m'estez point en paine.

A Dieu Messieur les courtysans,
Prenés garde à ma decadance,
Et ne ruinés ainsi la France:
Souyéz plutost des Artisans.

Illustre Sang de nos Monarques
GASTON, le suport de nos Roys,
Vous ayans trompé tant de fois
De douleur i'en ay quelque marques.

Adieu ie ne vous verray plus,
Et d'vn tres grans despit i'en rage
De voir que vostre courage,
Rent mes efforts tous superflus.

Dieu conseruez c'este Iustice,
Faite qu'elle face tout aussi bien
Tous les proces comme le mien:
Tout cera en bonne police.

Si vous ne me pouuez treuuer,
Ne doutés pas de ma personne:
Car au Diable ie m'abandonne
Quand il me voudrat enleuer.

Conclusion.

F I N.

www.ingramcontent.com/pod-product-compliance
Lightning Source LLC
LaVergne TN
LVHW051025060726
842524LV00007B/2739